アウフタクト

源川まり子

七月堂

目次

アウフタクト

アウフタクト

無垢な連なり、果てに体温は取り残された

歩いていくダンス、そして愛情について、
それは賛歌、激情、欲望、人工的にのたう
ち回るからくり、莫大な光線が、焦点の合
わない矢の束がうすい眼に飛び込んでやま
ない。横に滑るように走りこみながら歌声
を空に這わす、拍を刻む（呼吸）あかい心
臓、酸素を求めて疼く肺、そこはもっとも
死に近い場所で、あらゆるなまめかしさを

集めて生にとどまった、溢れる吐露、かつて凭れた、くびれた柱のリズムはどこへ？

流れ出す血はきっといつもそこに滞留している
裸足がリノリウムとの狭間に鈍く寄り添うので
擦れ、熱、押さえつけて回転した鮮烈な温度を
とどめておいてほしくて

ダンスは後ろを顧みない、常にあかるい嘔吐だった。物質から引きずられる、せめてもの往復、動いていないと内側から壊死してしまいそうで、いつからか眠りが怖くなって、目の端がじりじりと弓矢を引く。転生、生まれ変わったらまた、生まれ変わっても、再び

（呼吸）

（回転）（静止）

（跳躍）（静止）

（呼吸）

弱拍の、血が巡るたびに痙攣する陶酔は欲望に転化し、さざれ舞う、鮮やかな拍子の群れがかわるがわる頭を殴って、いつからか立っている、やわらかな椅子に倒れこみながら、身体から遠く離れて同化する、誰も止める、ことができない

（呼吸）

（静止）（静止）

（跳躍）（回転）

（跳躍）

かつて凭れたくびれた柱、その曲線は今も
弾力のある土地！　湿っていく腐葉土の上
けだるい乳酸がたまる、咳込むとひゅうと

鳴る胸（しかし頑なに運動を続けた）時間はいまや氷山を分かつ、平行に落ちていく門扉、ずっと昔から決まっていた崩壊、夜明け前に、わたしはリズムを得る、やっとのことで抱いて、射る、滔々と絶えることなく、歩いていくダンス、振り向かずに、振り向かずにゆけ、ずっと幼いままで、あるいは軽やかな狂気を肩に羽織ったままでいて（呼吸）わたしは、わたしにとって生まれたときから他者であって、あなたはわたしにとって生まれたときからずっと自己の一部だった、

（回転）

（回転）（静止）

（静止）（跳躍）

（呼吸）

呼吸……

脳裏をゆさぶる激情が生命となってほとばしるとき

もっとも死に近い場所を踏みしめて立ち

朗らかに拍を刻みつづける

旅行記

1　通り抜けながら

母趾がうなる
流跡は
歳月を知らぬまま
大地に彫られた子守唄
言葉に踏みしめられ
白い斜面に慎ましく佇む
まるで生命がやってきた海から

浮かび上がってきたかのように
ひたひたと
つめたい

ロング・ロング・アゴー
のぼせて頬を赤くしながら
一二〇まで数える代わりに
丸っこい人差し指を
浴槽の淵から少し浮かせて
小さな楕円の水玉を
いくつも飽きずに連結していく
やがて　とろりと消える

裸足にまとわりつく
記憶の断片を

押し潰さないように
母趾がうなる
浮遊する午後の水滴が
青白い斜面をすべる
臍のような窓を覗きこむ
空がぽかりと落ちてくる

母趾は大地と共鳴できなかった
曲がり傷ついた外反の
さらに外側へと逃げていった
寝そべると
地面は誰かの肌であった
息を潜めて駆けてゆく
水玉を指で堰き止める

ロング・ロング・アゴー
意識が薄れた真夜中に
手を握っていてほしかった
隅々まで感じるには
長すぎる旅程だったから
それでも微かに残る
母趾の温もりは
騒音にまぎれて
しずかに
慄いていた

2　細長い画廊にて

ほんとうは
部屋などなくてもよくて
生きるための音楽が鳴っていて
鏡像が天井から垂れ下がっていると
鋭い光もこちらに向かってくるので
重量だけが、
存在しない
それはまるで地響きのようで
心臓から心臓へ
点滅するものは……

静止、

秒針だけが残った部屋で
隣にたたずむ肩に
右耳を寄せる
かたい関節にカーブを沿わすと
血の巡る音を聴くことができる
遠く、ずっと遠く
しかし
くぐもった鼓動は
心臓のそばで聴くよりも
遥かにいきいきと
鼓膜にひろがってゆくのだ
それはひとつになれないことの
密やかな現前であって
その瞬間
全ては未完になる

なめらかな肩を離せない
離せないいまま
瞼をとじる
音は聴こえ続ける
いきいきとした
かなしみは
そうやっていつも
ひとりで　部屋に残される

あなたを見つめるわたしを
ずっと眺めていたのは
飲み込んだまま
耳小骨の内側に
つかえていたのは

ほんとうは
名などなくてもよくて
ただ　生まれる前からずっと
響いていた音なのであって……

わたしはそれを食べて
呼気として吐ききった
囲われた海が見え始め
結局扉は開け放たれた

二重になって流れ落ちる

冷たく透明なガラス玉はしょっぱくて、ときどき甘く、一目散に溶け出して地表の一部になってしまった。気怠そうに運動を続けるわたしの遺伝子と、震える手で掬い上げた誰かとの邂逅を忘れてしまわないうちに、わたしは小さな点となって、神々の足音を追ってゆく。それはただ寒さを凌ぎ、暑さに耐え、空白に点を書き入れるためだけの無言の葬列。でもそのくせ、全部を記憶できないことの方が人類にかけられたまじないであるならばすべては、

朝市にて

彫刻刀がゆるく苗木に食い込むように喉につかえた甘いデーツ
をナイフで切り裂いて種をがりりと噛むとはらりはじけた胚乳
が太陽にあたためられたシンクでひかっているのに見惚れる朝

坂道で糸車が回る
傷痕から一枚奥まったところにある褐色の名残をかがんで拾うように
朽ちた身体に刻印された溝の空気を指で静かにつまむように
形をとどめない対話のすぐそばを声でなぞるように
市場の果物を籠に落とす

呼び止められた季節が瞳孔をくすぐりたおれる眼差しの
水平と垂直を逆転させて生まれた二重の痛みが夜明けの
鋭い産声に反響して止まない　行く宛もなく街を彷徨い
甘ったるいデーツを噛みちぎる
彫刻刀のストローク
ねぶりとられた一節
を今も暗唱できずにいる

諦念のなかに整列した不完全なやさしさを偽ることができない
のは嚥下した句読点が揺さぶる感情を拒絶することができない
のはすべて彫刻刀が心拍を包むように食い込んだせいであって
なめるような痕跡と木の香りに頬ずりをすると
膝をついた老婆の背中が浮かびまるい渦を巻く

あらゆるものが表情をなくした場所でさえ

祭りを祝う声だけは途絶えないの、耳を澄まして
そうしたら胚乳のあまい満ち欠けが
舌のうえに降り注ぐからね
彫刻刀がゆるく肌に食い込むように

あまり辛くないからし

いつからか母国語のなかに
うまく見出せない言葉が増えた
ナイフを口に咥えてマスタードを舐めとり
ビネガーの味のなか、からしの面影を追う
何かをしながら考えることでしか向き合えない
不可能性のなかにそれはあって
たとえば愛とされるものを
ひとの温度で感じることができなくても
部屋に佇んでいるわたしが
そこに立っているだけで理解できる

平易な言葉が必要だった
区切られた空間は居心地が悪く
扉のない部屋　廊下を通る足音を聴きながら
表札をかけることができずにいる
同じマンションに住む小学生はじゃれ合って笑う
すれ違う人びとの声、イヤホンから流れるポップス
近くに満ちる声のうち、本当に真実なのはどれ？
名詞と動詞が一緒になって
すべて示せるなんて
そんなことあるわけがなくて
たったひとことで
何かを交換したつもりになるべきではきっとなかった

電車の外に流れる景色はうつろう
忘れることは

こころをなくす　ことではなく
反復される話は
ある地点では歴史であり
ひとりでいることと、孤独であることは
同じではなかった
ガラスに写る二つの眼、
乾いて微かに揺れている窓が
こちらをまっすぐに覗き込み
複数の声が
停車駅を告げる
なにも否定することなく
癒えぬものは癒えないままで
語りきれない意味を
ずっと探しながら

リミット

見たことがないシーンを前にして気管を狭めそうして我にかえる鮮明な色彩は生物の動性あるいは終焉に深く根ざしていて果たして解放は無になることではなかったのだった　新たに湧き出る問い、あるいは怒りを都会の拒みつづける窓に向けてさらしながら土埃をあげる火は草原から市街地へと燃えひろがっていくなめるようにあらゆるオブジェを燃やしてまわっておもちゃを無造作に選ぶ子どものように　名前を知らないすべての顔に名前があることはひたすらな畏怖で個別性が消滅する風景はすべてを無名にしてしまう裸足で歩く皮膚に刺さる砂と石、走るという行為の目的について、場所を移動する必然性そしてあでやかな恐ろしい彩色、破壊の先に再生がなく火が消えることがなかったならばほかの顔に刻まれた痛みを肩代わりすることができずに生きていくことは？　（背中の後ろに握ったすり切れた手のひらに生死のすべてを賭けている）逃れられないと知っていてそれでもいまここで、テーブルを囲み続けたいと願うことは？

なめらかな都市のエコー

トラックナンバー不明、暗い部屋、まわるレコードに印さ
れた都市の名前、円盤に扇型の影がかたどられて　エコー
検査みたい、とぼんやりしたコントラストをみつめる

寝そべった視点、風景、黄ばんだ枠に囲まれた旧式のモニターは湾曲していて、身体だと思って
いたのも同じような光のつぶつぶだったのだ、と水を嚥下する　プラスチックの接地面と身体と
の間にさしこまれるつめたく澄んだゼリー、お腹に赤ちゃんのいるひともあの機械を使うのだと
知ったのは、病院に通わなくなって随分経ってからのことだった　モノクロームの絵本、軌跡を
描くストレッチャーはましかくの枕をたたえながら走る

子どもの頃、やわらかくふくらむ腹を見るたび
そこに生命が宿っていることを密かに祈った
どうやって信じればいいのだろう、画素として広がる腹腔のなかの海
あるいはそこに他者が宿りうることを？

都市は移動する、フィールドレコーディングされた町の音
声は砂埃をあげて、今はなき町の無形の跡を落ちていく針、
記録された音の内部にいる人々は永遠に無名　画面に映っ
た靄の正体はずっとわからないままで　砂粒みたいな濃淡
が示していたのは異常のしるしだったのか　あるいは日常
にあらわれた砂丘のような遊び場を保っていたのか　うつ
くしい遊び場を　われわれは想い続けることができるのだ
ろうか？　引き受けた愚かさが轟音をあげる

あの日、目で追いきれなかった都市の名はサイゴンだったと

あとで友人が教えてくれた

人々は町をさまよい歩く
簡単ではないやさしさ
想い続けることをやめないで
波、あるいは絶え間なく押し寄せる声

午後の潜水

渦を巻く水流の中心で目をつむる
アーモンド型にくりぬかれた暗闇を
均一にすべる
意識がなめしていく

（境界は　どこにある
　すい　すい　すい　すい　すい　……）

えら呼吸ができなかったから
奇妙な酸素を背負うしかなかった

崩れ落ちる
浮力がなければ生きていけないのに
そこでは呼吸すらままならない
浮いてきてしまう身体が
唐突にしぼむ

（どうか　ゆるしてほしい
遠く離れた場所で　身体にまとわりつく　布のつめたさを
イメージとして　抱きしめるしかない
わたしたちを　ゆるしてほしい
投げ出されてしまった　意識の数々
めぐりゆく日々の泡を弾いて
その手を離すまいと　不意に触れた刹那の　暴力を
わたしたち皆が　見つめる日まで

境界は　どこにある
すい　すい　すい　すい　すい　……）

つめたさを感じなかったから
目に映る空間はきっと非現実
でもそこで息を吸えずに
眠りから醒めてしまう
耳の穴にかかる圧が
鈍く痛む
仰向けに浮かんで
光さす水面を見上げる
いつか昼が夜になって
いつか冬が春になる
そういう境界がどこにあるのか
いくら目を凝らしても

見つけることができない
わかるのはただ
きらきらと揺れる水面が
いつか平坦になって
やがて黒く光るようになり
身体を包む凍った温度が
しずかに体温と重なっていくこと
まだ見たことのない景色があることに
安堵して泡を吐き
こうして境界を探すあいだだけ
深く　ゆっくりと　息を吸いこむ

身体を包む抵抗に
ゆっくりと力が抜けていく
再びその場所に戻る日まで

ひやりとした頬をやさしく撫でる
あらゆる純粋なものが
あまりにも
うつくしく
鼓動する生命を揺らす

地点、あるいは走行する季節

橋の架け替えが決まって
埋葬の計画をたてはじめた
ずっと　ソファーの革に指を這わせるたびに
やわらかな奈落に留まることを選んだ
皮膚、と漢字で書いてしまうと
ひふ、という掠れた音触りと
あの生ぬるく透けた薄さを
うまく表すことができなくて
背中の骨のくぼみが
どのくらいの深さだったか

いまいち想像することができない
反った指の先端にぴたりとはまった感覚だけが
ずっと悩ましく滞留していて
世界がつづいていくしるしとして
朝四時に新聞が配達される
すべて
そのままでいて
氷山が削れて
海へ還っていくように
骨と肉とのあいだにできた影も
やがて溶けて
弾力のある肉体に戻るはずだった
眠っていますか？　問うても返事はない
夜更けは白い
どうしてもひとりにすることができない

そこからわたしに至るまでの距離を測ってください
と夢のなかで技師に頼み込んだが
夢なのに相手は困った顔をしていて
眠りから覚めたとき
それが正解だったのだと悟った
許せるようにとどめておいて
違う速度で血が流れる場所から
どうにかここまで会いに来てほしい
橋のある街まで

そう　今年は妙に
腕のあちこちに虫さされがあると
帰りに寄った本屋の鏡で気がついた
ぴくりと肉を伸縮させると
ピンク色の斑点がうごめく
鏡のなかの自分が

未だに動的な存在であることを
狂いそうになりながら反芻する
腕にとまった蚊は
筋肉をきゅっと絞って捕獲して
手でつまみあげてゴミ箱に捨て
そうして計画をたてはじめた
小麦色に日焼けした肌の色素が
薄くなるまで耐えよ
炭酸の抜けたビールはまずいが
ごくりと胃まで飲み下すと
喉の奥からあどけない気泡が抜ける
下に重心が残る缶を置いて
タクシーに乗り込む
橋の下を通って家に帰ってください
とりあえず橋まで行ってください

走り出した車は橋を横目に見ながら
台になった街をぐるぐると周回する

結び目、今は無名の

椅子を見やると
座面に敷かれた布が地面にたまっていて
どうもうずくまった獣であるように思えた
蹄鉄のような音にふりむくと
夜の国道、迂回をすすめる道標
道路工事の現場に置かれたライトが直立している
ぼんぼりのような　それでいて全てを照らす
明るすぎる白灯のまえで姿を隠すことができずに
さらわれる　断片的な情景がゆれ

溶け出すそぶり　移ろっていたのは景色のはずだった
のに、いつの間にか走っていたのはわたしの方で
走れ走れ、張られた薄紙が浮いてきてしまうほど
風をたてる。走れ走れ、
逃れられない回転数に気を失ったのは一体誰
だったのだろう

あなたのことを心底、
息を切らして走っていた廊下の
結び目の、切れたところにあった、
歯で噛み切ったささくれの、

否、白壁に張りついた常夜灯の
うちがわへ
空間はしんと音をたてる

ストーブに置かれた薬缶は湯気をあげ
生けられた白菊が所在なげに首を垂れる
ひとが代わる代わるやってくる
重量が作り出した凹みをみつめ
後ろを振り向かずに去ってゆく
しかし足を引きずりながら

走れ、走れ
かつて落としたハンカチは何色
結ばれた約束が
果たされないとき
鉄の階段を駆け降りる音は
目の端でとらえた逃亡となり
脳裏にうつる、高く高く

ダイナー

人間という音はインゲンと似ていて
わたしはかつて　おいしいインゲンを食べたことを想起し
甘さ、あるいは少し土っぽいにおい
くぐもった青臭さに焦がれていたのだが
どこで出会ったのか　もう思い出すことができなかった
咀嚼を続ける頬には　三角形をかたどったホクロがあり
黒目だけを動かして点と点をなぞる
外ではサイレンがけたたましく鳴っていて
誰かに逃げろと合図する轟音が部屋に響くとき
われわれの暮らしは反射光として継続される

やわらかな彫刻　となりに、横たわっています
つかまり立ちをする赤子のようなおぼつかなさで
顔の稜線を震えながらなぞる
眼窩の凹みがぴくりと振動するたびに
素肌の内部にある星座は居心地悪そうに伸縮し
座標を正確になぞることができない、だから
ひとつの整った食卓を眺めては
皿のはざま　クロスにこぼれた食べかすを
指の腹に押し付けて　拾いあつめておいたのだった
傘をさして歩く　道ゆくひとびとが足を止める橋
もしくは　流れがぐんぐん速まる川
ふかい洪水に抱きすくめられ、わたしは竜になる
今日も机を挟んで座る　そうやって対峙しつづける限り
ごはんはきっとうまい　はずで
背中にすり寄せられた頬の重量が

肩甲骨の隙間を埋めていく
きれいな水面の上澄みだけをあなたにあげる
スープを飲んで黙ってうなずく

環のなかで

1

たったひとつだけ
冴えきった感覚

まぶたを閉じるとやってくる
耳を塞いでも絶えず聴こえる
すぐそばで響いているのは音楽なのか
周波が混じりあったノイズなのか
語りかけてくる

名前を呼ぶ声がする
この場所で
永い時間が朽ちるあいだ
じっと声を聴こうとする

街灯に照らされた緑葉が
くぐもった重奏に揺れる
木々の輪郭が辺りを覆い
渦を巻いてうなる風音は
深い夜の始まりを告げる
さざ波のように　押し寄せる音を聴く
半身が　静かなつめたさで満たされる

2

スクーターに乗った人影はさまよう　まどろみ、風を切ってゆけ、ゆけ、きっともう追いつけない　静かな夜に信号の光が歪んで点滅する　風がぼうぼうと吹きすさび　交差点を　踏み込む足がゆるやかに沈む——瞳には　光を飲み干すだけのうるみがあって　もう一度、もう一度だけずっとむかしの朝　炭酸が抜けきったラムネの　不気味なビー玉を失くした、はなし　醒めるきっと覚める——こちらは暑くもなく寒くもないよ、そちらはいかがですか。　甘ったるい泡がじわりと舌をくぐって、虚像がゆっくりと重なる、

いつかまた
いつかまた会えるのだろうか
生気　ということばと
正気　ということばが

妙に肉薄する
その中央にあるものを
誰も知らぬまま

3

街が寝静まった真夜中に
うすい声を聴く
地獄のようだ　と
その声は笑いながら呟いて
サンダルを引きずりながら行き去る
縮こまったまま横たわり
じわりじわりと地面を這う
閉ざされた空間で
眠りにつく

夢に出てきたゾウは
きれいな赤い石の首輪をしている

たぶんあれはルビーではなくガーネット
むかし　鎖骨と肩のあいだの凹みに
おはじきを重ねておいたときの
つめたささを想う

きっとそのくらいの差異だった
わたしは闘い、あなたは歩き
彼女は歌い、彼は眠っている
湿った森の匂いが
なめるように鼻腔をくすぐる

4

地面に雨がしみこみ
はるか彼方
人類が野生であったころ
漂った時間が
生唾をのみ込む
すべての流跡が凍る
つかの間の休息のあと
断絶が
ついにその首をもたげる
何億光年も先から
白い槍が落ちてきて
めりめりと肌をつんざく

言われるがまま
広げた腕を伸ばす
外へ外へそとへ……

5

体内にずしりと沈殿する
溶けきれなかった景色とあこがれ
ソファーに深く腰掛けると
やがて名もなき存在になり
感覚だけが冴えていく
そうしていつしか
名もなきものたちと同化し
彼らの声を聴こうとする
呼び方すらわからないもの
呼びかけても応えないもの
名を持つことが
生を得ることと等しいなら

名を呼ぶ者がいるかぎり
生きつづけられますように　と
震える指を握りしめる
爪先が徐々にあたたかくなり
身体に熱が戻ってきたとき
表象でしかなかったはずの名前は
意識すらできなかった
かつての新鮮さを取り戻す
おそるおそる訪ねていく
この名を　与えてくれたひとたちの
胸の高鳴りに
そばで　じっと耳を澄ます

6

扉をひらく
穏やかな目つきと
浅い呼吸がまじわる
接している空間は
あまりにも小さくて
愛おしい
とおもう
目の端がうるむ
ここにいるよ　と声を聴かせる
わたしは　ここに立ち続けている

白鯨の住み処

完全を想うとき
それは限りなく白い
いくらか時間が経ったのなら
白は色あせて透明になるべきなのに
そこに色が付加されてしまうことに
どうしようもなく怒りをおぼえる

眠りに落ちる瞬間に
雨音が聞こえなかったのは
未完成のしるし

都市は寝静まっているのに
ブラインドから差し込む光は
どこから　やってきたのだろう?
すべてをおぼえておくことで
すべてを忘れようとする
風景が流れていく(わずか三秒)
輪郭が薄れていく(永い時間をかけて)
それらが消えようとするとき
どくどくどくどく
と波打つ心拍のはざまに
どうしようもなく痛みをおぼえる
灰色の明け方だけが
煙にのってこちらに向かってくる
誰かがインターホンを押す
音が遅れて聞こえてくる

わたしたちは結局
けがすことしかできない

じりじりと揺さぶられる
洗濯物が風をはらみ
そっと瘦けた頬をなぞる
強い、強い衝動がある
ぐらりぐらり
地面が揺れる
ささやき声は半透明
きれいな波形にはならず
しかしたしかに空気を震わす
完全をけがすことにも
無であることにも耐えられない
薄氷が張りつめたこの地で

おそるおそる足を踏み出す
半透明なものを探すことでしか
生き延びられない動物たちの
かなしげな咆哮
すべてが
溶け
ふる雨のなかに
しんと満ちる

解けていかない順序
離せ、離せと叫びだす
眠っているあいだに
外で何が起きているのか
雨は　降っているのだろうか?
完全を想うとき

それは限りなく白い

白いものは
透明にならないということが
わたしの手に
血を巡らせる
蛇口をひねる
洗面台にほとばしる水流が
まるく澄んだ隆起をつくる
ぷっくりとした曲線の
満ち引きを
それが波であるかのように
じっと飽きずにみつめている

歯型

ひとりでは　トウモロコシを
丸ごと食べきることができない
淡い黄緑の皮を残して
列を連ねる黄色はまぶしい
たぶんわれわれは
いっそ他人になれればよかった
はじめから他人だったのだから
たとえば
私が　がりりと噛み付くあいだ
相手は　指で器用に粒を押し出して

芯に歯型がつかないように
うつくしく　トウモロコシを食べていた
鼻にかかるくすんだ甘みを
どうにか分け合って
残骸がまるで違う形をしていても
横に並べて捨てておいた
そうやっていつまでも
違うままで
生きていけますようにと
ポリ袋の底でたたずむ
畝がそのまま残った芯をみつめていた
今　ばきんと割った半分を
静かに机の中央へ置く
実に振りかけた塩が唇について
舌の先を痺れさせる

私は決してあなたのように
綺麗に食べることができない
芯から外そうと試みた粒は
潰れて指を濡らしている
雑踏をかきわけて
聞き出しておきたい
どうしたら
うつくしいままで
全てを残すことができるのかと
おそらく　聞いたところで私は
うまく食べることができず
私はあなたの歯型をも
もれなく愛おしむことができたが
夏は毎年巡ってきて
夏が来るたびに

ぼんやりとした蛍光灯が照らす
姿の違うトウモロコシの残骸を
愛することができたが

雨と啓示

ベッドのうえに真空があって
地面から九十センチほど浮いた身体があり
それは何にも支えられていないので
不意に
鏡が現れる

鏡はほんとうに鏡であることもあれば
誰かが落とした絆創膏であったり
あるいは　午前八時のミルクボウル
水彩画や果物のパック、あたたかなミトン

もしくは
街灯に照らされる雨だったりもする
鏡には法則がある
そこに映るのは
決まってひとりである

＊

鏡があらわれると思い出す
reveal という動詞がある
いつも　この動詞をなぞるたびに
ヴェールをはぐという行為が
ひとつの動詞の源であることに心を打たれ
白っぽい布のやわらかな流線を
静かな抱擁のイメージと重ねる

いま
夜の街灯に照らされる
なめらかな霧雨を見つめている

この霧雨は
ほんとうに微かだった
光がなければ見ることができず
しかし頬はしっとりと濡れていく
そんな雨で
風に吹かれた雨粒が
薄い繊維を織りなして
灯をゆるやかに覆う
その佇まいがはっとするほど神聖で
そう、あまりにも厳かで
reveal という動詞がもつ空間の果てに

もしもほんとうに
ヴェールが存在するのなら
あのくらいしとやかで
奥に透ける光をたおやかに反射し
やわらかく　たなびきながら
あらゆるものを包みこむだろう　と
生暖かい雨のなかで
じっと焦がれる

*

呼吸をととのえて
スプーンを置く
鏡はあらわれるたびに
決まって冷徹な顔を見せた

存在の虚構も偶然も
像は容赦なく暴露する
しかし　たぶんあらゆる転回は
降りしきる雨のなかにあって
生暖かい水滴を浴びていると
道路の向こう側、
いびつな街灯のふもとに
ヴェールをかぶったひとの姿をみとめる
寡黙に頭を垂れている横顔は
よく見知っているようで
しかしその名を知らぬことを恐れて
喉の奥がぎゅっと痛む
初夏の青白い夜更け
喉が掠れた音をたてる
動かすことができない身体と

叫びだすことができない声が
はざまにある距離を埋めようとして
静かに痙攣する

鏡にうつさないと見えないもの
つまり　あの晩を包んでいたヴェールは
この身体をも包み始めている
歯を食いしばり
およそ自分の声と思えない叫びが
皮膚の下からあふれ出て
夏の空気に気化していく
なにが終わりであるのかを
私たちは知ることができず
息を殺して待っている
無力な抑揚とともにある

＊

汗ばんだ身体を起こすと
青い目をした二匹の猫が
穏やかに息をして眠っている
それは密かな欲望、
咳払いをして、声を出す
ひとりの部屋で名前を呼ぶ
丸まった猫が身じろぎをして
はだけた素足にすりついてくる
いつまでも待っている
抱きしめなければならなかった
ヴェールを目にしたあの晩から
たしかにすべては始まっていた

不意に　鏡があらわれる
おずおずと視線を向ければ
像は流線をえがいて溶けて
境界線を曖昧にする
ヴェールがひらりと舞うそばで
きっと今でも踊っている
雨とまじわり、裸足になって
ずっと自由に踊っている

グッドモーニング

新しい顔立ちに慣れた
それは著しいしるし、どこまでも続く線路の
末だかつてあっただろうか
そうして降り積もる変化、
あるいはわずかに浮いた目尻に
情念をさそわれる
なぞることはできても
溶け合うことはできない、だから
低音の弦をつまびくことから始めた
ずっとひとりでいたはずなのに

うすく黒い影から
なにかが盗まれていくのはなぜ
汽笛が聞こえる
ユニゾンのはじまり、
かつて取り乱し、慟哭していたこの場所で
新しい生命が
鳴り響こうとしている
はかりきれない重量だった
あなたを視る、この視点の先に
鳥が空を掻ききって旋回している
浴槽に浮かんだ一筋の髪の毛をすくっては
ざばざばと湯で洗い落とすように
ありふれた動作を繰り返して
生きていこうとした
稜線をぴたりと重ねていても

結局いつもひとりだった
それが旅の前提であったはずで
ひとりであることを憎ませた世界を
はじめから憎むべきだった
昨日と同じ洋服に袖を通すと
くぐもった肌の匂いがする
それでも良い
それでも良いから
まだ行かないで
もう少しだけここにいて
湯を上がり
浴槽で波打つ水面が
凪いでいくのを待つあいだだけ
そこでじっと
立ち尽くしていて

首を垂れた植物が
ゆっくりと水を吸うように
髪から、眼から伝う水滴が
濡れた足先にぽとぽと落ちて
そこからきっと
朝が始まっていく

ある日のバックライトのような

あらゆる発光体が曖昧な真円をつくるとき、落下を止められないのは嘘ではなかった、かなしみは自分だけのもので、回り続ける景色は心もとなく、吸い込んだ酸素は肺のなかでごうごうと音をたてて唸っていた　偶然に支配された身体、純粋な行為、それは回転と眩暈、あるいは跳躍と衝撃が常に不可分であったように、不自由なよろこびに満ちていて　無慈悲に分解されていく暮らし、あるいは重なり、この身を切り裂かれることと、他の場所にある約束は同義ではなく、ただとどまり、想うことしかできない無力に戸惑う

（くすんだ白色の大地にバルコニーから紙が舞っている　軽すぎることの困難を歩道橋からじっと眺める）バックライトの赤い光は永遠に続く、浅く必死で息を吐き、ままならないものを動かし続ける、そうして熱され

る指先、送り出される血液、見えない呼吸のあと、かたどる言葉があった、
抱きとめるために、　きっと常にここにあった

インカレポエトリ叢書XXIV
アウフタクト
二〇二四年一月一〇日　発行
著　者　源川まり子
発行者　後藤聖子
発行所　七月堂
〒一五四―〇〇二一　東京都世田谷区豪徳寺一―二―七
電　話　〇三―六八〇四―四七八八
FAX　〇三―六八〇四―四七八七
印刷　タイヨー美術印刷
製本　あいずみ製本所

Auftakt

Printed in Japan

ISBN978-4-87944-562-9　C0092